KB190023

검은 해

검은 해

초판 1쇄 인쇄일 2019년 10월 23일
초판 1쇄 발행일 2019년 10월 26일

지은이 성봉수
펴낸이 양옥매
디자인 송다희 임흥순

펴낸곳 도서출판 책과나무
출판등록 제2012-000376
주소 서울특별시 마포구 방울내로 79 이노빌딩 302호
대표전화 02.372.1537 　팩스 02.372.1538
이메일 booknamu2007@naver.com
홈페이지 www.booknamu.com
ISBN 979-11-5776-796-0 (03800)

이 도서의 국립중앙도서관 출판예정도서목록(CIP)은 서지정보유통지원시스템
홈페이지(http://seoji.nl.go.kr)와 국가자료종합목록시스템(http://www.nl.go.
kr/kolisnet)에서 이용하실 수 있습니다.

* 저작권법에 의해 보호를 받는 저작물이므로 저자와 출판사의 동의 없이 내용의
일부를 인용하거나 발췌하는 것을 금합니다.
* 파손된 책은 구입처에서 교환해 드립니다.

검은 해

성봉수 시집

책나무

'하지만,

지금의 나를 기억하는 이는 어디에도 없다. 그렇다고 내가 은둔의 굴에 들어앉아 모든 기억으로부터 가부좌를 튼 것은 아닐뿐더러 광명의 노지에서 그림자 하나 없이 냉정한 오늘에 사는 것 또한 아니다. 나는 나의 시간을 타고 온전한 지금을 살고 있고 그 지금 안에는 어제의 손을 잡은 오늘이 쉼 없이 꿈틀거리고 있다. 그러하니, 어느 경우에도 나 아닌 것으로 인해 서운하거나 아쉬울 일이 아닌 것이다.'

필 꽃은 다 피었다

질 꽃은 이미 지고 있다

릴케가 움켜쥔 주의 은총이 아니어도,

더 피어야 할 꽃은 마저 피게 될 것이다

슬그머니,

세상 앞에 또 비루한 옷을 벗는다.

어쩌면,

내 마지막 속살일 수도 있는 오늘이 담담하다.

2019년 바람 쓸쓸한 가을날

霧刻齋 창밖의 바람등 소리에 얹힌

그리운 얼굴들에게

邢 병수

목차

7부 | 꽃의 기억

1부

하늘 안고 곱게 핀 꽃

어쩌서

기다리지 않아도

만날 사람은 만나는데

설렁설렁 방긋 웃으며 쉽게도 만나는데

그리 만나 새털처럼 웃으면 될 일인데

먼 별처럼 빛으로만 마주 서다

죽고 나고 또 죽어 인연 겁이 다 헤져도

못 만나는 사람은,

못 만날 사람은,

한 사람을 사랑하고서

꽃이 피는 이유를 알았네

꽃이 지는 이유를 알았네

시간이 한참 흐른 후에는

꽃에도 눈물이 있다는 것을 알게 되었네

하늘 아래 둘뿐이었던

나, 그때

한 사람을 많이도 사랑하였네

뒤돌아서 가을 깊은 어느 날

바람결에 문득 고개 돌리면

머언 하늘 끝 어디메 바닷가

옷깃 여미고 서성이는

얼굴이여,

꽃들에게

개나리 진달래야 몸 달아 말아요
겨울이 지나야 봄이 오고
봄이 와야 네가 피어요
장미야 봉숭아야 서둘지 마요
봄이 지나야 여름이 오고
여름이 되어야 너도 피어요
국화야 코스모스야 울지 말아요
더위가 가서야 이슬도 내리고
이슬이 내려야 꽃이 되어요

개나리 진달래야 아쉬워 마요
복수초 산수유가 너를 불렀죠
장미야 봉숭아야 서글퍼 말아요
개나리가 진달래가 너를 앞섰죠
국화야 코스모스야 두려워 마요

장미도 봉숭아도 이미 떠난걸요

벌지 않은 망울들아 조급해 마요

떨어지는 잎새들아 아쉬워 말아요

때가 되어야 꽃으로 벌고

때가 되어서 스러져 감을

봄 편지

꿈을 꾸었네
등 돌려 누워 앓고 있는 이에게
겉옷을 벗어 슬그머니 덮어 주고
꿈을 나섰다네

아직도 잠든 이여 어여 눈 뜨라,
화단 응달의 녹지 않은 눈 위로
꿈 밖의 오늘이
투더억 투덕 비로 나리네

봄비를 지금에 찍어
걱정의 편지를 그에게 썼네
덮어 준 옷이 무거울까
깨어나지 못할까

후회하였네

'겨울은 갔어요 아프지 마세요'

아픈 것은 나인데

아프지 마시라 하였다네

겨울 길

시린 바람 몰아치는 추운 밤길을

터벅터벅 걸어가는 늙은 사내여

믿지 마라 믿지 마 봄은 안 온다

걷다가 닿이는 곳 행여 봄이려

씨앗 하나 품었다고 햇살이 일랴

해는 남으로 걷고 바람은 북으로 가나니

어느 봄이 너를 따라 걷길 믿으랴

철없는 사내야 봄은 죽었다

씨갑시도 놔 버리고 혼자서 가라

씨앗

튼실한 열매를 꿈꾸지 않는 이 어디 있겠나

꿈의 알불 하나쯤

간절한 것이길 원치 않는 이 세상에 있으랴

불씨 하나 보듬고 호호 불다가

피우지도 못하고 속만 데이다

깨나지 못하고 말 꿈의 씨앗

사랑해

아낌없이 뿌리고 또 뿌리다

빈 망태가 되어야 옳을

사랑해

아네모네

나는 꽃을 보는데 꽃은 하늘만 보네

꽃은 내 심장에 뿌리를 내려 향기를 벌고
내 피는 점점 끈끈하게 변해만 가네

졸아붙다 굳어져도 닿을 수 없는
외토라진 응시
검은 뿌리에 엉킨 미라로 말라 가라

이제는 마주 볼 수 없는
어긋난 바람이어도
내 피만큼 붉게 피어나기를
하늘 안고 곱게 핀 꽃이 되기를

낙엽을 태우며

- 끽연喫煙

시월도 떠나가는 가을의 날맹이

지난 사랑의 섧은 편린이 모여

불을 지피다

유난히 외로울 것도 아쉬워할 것도 없는

유난히 외로워할 것도 아쉬워할 것도 없어야 하는

풍·요·로·움

분홍꽃

나 예전엔 몰랐었네

비우고 나서야 알게 된 전부

너 또한 몰랐을 네 안의 그 이쁜 빛깔.

찬 이슬에 깊은 속 꽁꽁 잡고 서서야

너도나도 마주한 동정의 낙화. 아픔 같은,

몽환의 꽃이여,

나는 널 위해 피고

너는 날 위해 지어다오.

부평초 浮萍草

떨어진 나뭇잎

욕심이 얽혀 뿌리가 돋아

물을 안고 꽃을 피워도

멈출 것 같던 유랑의 끝 닿지도 못하고

부레의 추를 달고 낙하하고야 마는

그래 봤자 개구리밥

그래 봤자 외떡잎

장마

비는 그만 오시라

시린 콧잔등,
사각이는 발자죽도 의미 없으이

전봇대를 감아 오르는 네 욕심을
그만 멈추라

명령하노니
「초록의 피 맺힘을 만들지 말 것」

지는 꽃

그때 떨어진 꽃망울
간절함이 덜해서였으랴

햇살도 더러는 넘치게 밝아 맘이 부시고
빗물도 때로는 목마름이 부르는 욕심으로 흘러
씨앗을 보듬던 순진한 기도 허탈한 구속이 되더니
기인 밤 홀로 지킨 야속한 꿈이었다고,

그때
햇살과 빗물인들
간절하지 않았으랴만
꽃은 지고

졌다고 간절하지 않아서였으랴

칠월의 시린 장마 속에서

서리태의 빈 자궁 같은 기차에 앉아
진창에 처박힌 오늘을 철퍼덕철퍼덕 나서다가
녹슨 기억의 낚싯바늘을 창밖으로 던져
헤진 어제를 꾀거니

비 갠 먼 산허리를 베고 그날이 누워 있다
흐르다 산을 넘지 못했다고
장대비로 찢어져 제 몸을 버렸다고
미쳤었다 가슴을 칠 일이던가

떠돌다 어제에 머물던 구름도
여우비가 되어 사라져 버린 빈 오늘을 쫓는 산도
칠월의 시린 장마 속 한때의 간절한 풍경이리니

너 나 할 것 없이 모두가 옳은 일이었다

2부

———

가난한 시인의 가슴

밥통의 크기

광장에서 풍찬노숙하고 돌아온
빡빡머리가 딱 보기 싫을 만큼 자란 형
메뉴판을 잡고 머뭇거리는 내게
"동생 왜? 어디가 안 좋아?"
'내 입에 넣을 것 챙기는 게 귀찮아서….'
"허허 일주일만 굶어 봐, 먹는 게 귀찮은가"

많아야 하루 두 끼면 호사인지 오래이니
몰아쳐 굶는 형이나 거미줄만 걷는 나나
평생을 견주면 다를 것 없는
간헐적 단식인데

추어탕에 곁들인 낮술에 벌건 얼굴을
우산으로 숨겨 가리고 돌아오는
짙어진 하늘과 엎혀진 하늘을
그 밥통과 이 밥통을

보헤미안의 바다

탈색된 무색의 바다
달이 잠긴 고요의 바다
소금기 없는 바다
비리지 않은 바다
기러기 뱃고동도 없는 바다

세상의 모든 빛이 녹은 검은 바다
멈춤 없이 무너지는 포말의 바다
염장보다도 더 쓰고 아린 바다

이 빠진 나비 문신의 사내가
악마섬 밖으로 던지는 야자수 망태기처럼
가난의 죄인이 오늘에서 탈옥하는 유일,
크고 넓은 자유의 바다.
아, 내게 허락된 해방
술잔 속의 바다여

흥덕대교*를 지나며

- 기영에게

오늘이 사라지는 현혹**

고가高架의 마루에 부서지는 섬광閃光,

무심천 변 단칸방의 신접살림

가습기 대신 들인 어항에서

와르르 쏟아져 산란하는

어제의 물

둑방 흐드러진 벚꽃

젖꼭지 위로 살포시 지고

콧소리처럼 숨어들던 바람

눈길마다 간드러지던

푸른 아내와 푸른 남편의

이 무렵 어느 때

없어도 없는 게 없던 좁은 방
무릎 맞대 살 부비던 수줍던 날
친구의 넓어진 이마만큼
이제는 들리지 않는
아득한 숨소리

어린 남편과 어린 아내와
어린 친구들이 모여 앉아
마냥 좋기만 하던

그 풀잎 이슬 같던
이 무렵의 어느 때 위를
해 질 녘의 바닷가처럼 건너서는

*   충청북도 청주시 상당구 우암동에 있는 흥덕사거리와 우암사거리를 연결하는
     무심천의 고가다리

**   현혹현상(眩惑現象). 마주 오는 차량의 불빛 등 강한 빛을 직접 보았을 때 순간
     적으로 시력을 잃어 앞이 안 보이는 현상.

가난한 시인의 가슴 ____ 31

가난 5

12시가 넘어 편의점에서 아이가 돌아왔어요

비닐봉지가 바스락거리는 소리에

둘째도 깨고 셋째도 깨었어요

형광등 불빛에 실눈을 뜨고

삼각김밥을 하나씩 손에 쥐었어요

아빠는 특별히 요거트도 받았어요

은박 뚜껑을 열고 혀를 뽑아 신나게 먹었어요

소풍 가방에 넣어 간 과자 두 봉은 늘 되가지고 왔어요

할머니 드리면 기특해하실 거야,

동생이 얼마나 맛있어 할까?

보물은 못 찾았어도

집으로 달리는 뒤꿈치는 가방 끝에 닿았어요

유통기한이 다한 요거트 맨 밑바닥에 턱을 들이밀고

차집합이어야 옳을

아련한 기억의 가난한 데자뷔를

먹먹하게 핥아요

그 집 앞을 지나며

의사 말 듣고

축구 동호회 나간 첫날

두어 발짝 뛰다 쓰러졌다는 사내

"간질이니 괜찮다"

웅성웅성 에워싼 흙바닥에 누워

거품 물고 눈 까뒤집고 죽어 간 사내

생생한 갈비뼈로 혼자 죽은 사내

젊은 아내, 아이들은 어디로 가고

떨어진 타일

찢어진 그늘막

색 바랜 선팅

허무하고 감사한 마음으로 지나치는

나 아닌 이가 살던

내가 살 집

쐐기

경추 추간판 탈출증
병원 다닌 지 일 년이 지났어도
한번 꺾인 고개는 고만고만
곧추서질 않는다

내가 바라볼 곳은 아래
돌아갈 곳은 땅이라고
뻣뻣한 어제를 꺾어 놓은
장엄한 중력

뭍으로 해탈한 강장동물처럼
허망한 물 다 뱉고 녹아들면 될 일인데
쐐기라도 되어 버텨 볼 심산인지
바싹바싹 가분수가 되어 가는

슬픈 비누

1 ——

시간의 서랍을 열고 기억을 마름하는 밤

꽃은 아직도 살아 향기를 품어 왔다

몸을 굽혀 짧은 틈으로 나를 박았다

뾰족한 바늘 한 쌈쯤

휙휙 날아와 박히는 것만큼

향기는 아팠다

목구멍이 턱하고 막히더니

덜컥덜컥

딱정이 같은 코피가 쏟아졌다

아차,

2 ——

흠……

서랍을 닫았다

의식적인 비의식의 늪으로 빠져드는 환각의 중화

담배가 필요해.

3 ____

돌이키건대

누가 나를 안고

그처럼 환한 웃음을 보였던가

가난한 시인의 가슴에 피어났던

시베리아의 짧은 봄꽃 같은

라벤더

라벤더여

옷나무

해 들지 않는 방구석

눈에 젖은 잎

비에 젖은 잎

땀에 젖은 잎

때에 전 잎들이 켜켜이 맺혀

내 체념의 한숨을 먹고

번뜩번뜩 자라

가난에 부서진 사랑가루가 녹아 그늘을 불리는

먼지 솜사탕 같은 아내의 나무

조루 早漏

그릇이 비기 전에 서둘러 빈 그릇이 되었는데

목구멍 깊이 단단하게 꽂아 넣은 내 욕심의 혀가

그의 어제를 삭혀 눈멀게 할까 두려워서지

그래도 여자는

내 사타구니 구석구석을 집요하게 핥다가

양 볼 가득 불알을 물고 그릇이 비지 않았다

어깃장을 놓지 않는가

하여도 어쩔 것인가

나는 이미 그의 간절한 엉덩이에

냉정한 오늘을 사정하고 돌아누웠다

읊조려라, 그대의 긴 혀

그릇은 비었다

좌향 坐向

어머니가 보름마다 얹는 떡시루에

아버지는 역정을 내셨다

거짓이었든 아니든,

역정은 장날 난전의 조잡한 쇠*와 바뀌어 버렸다

쇠는 부정이고 긍정이고

산 자의 증거였다

당상관 고조부에서 조부까지

내리 이어진 부르주아의 영광도

쇠의 눈금 밖으로는 벗어날 수 없었다

선산을 장만하고

외눈의 끝을 계룡산 어느 봉우리에 박고

득도한 지관처럼 능숙하게 정렬을 시키던 날,

"임좌병향壬坐丙向에 하下만 서西쪽으로 삼분금三分金 튼다"

족보 끝장에 당신 자리를 적어 놓으며,

편안한 미소를 띠셨다

다 묻이다

정작 당신의 주검 앞에 닥친 폭우.

누구도 몇 분금의 유언을 챙기지 못했고

나는 솔밭 어디쯤 젖은 라이터와 씨름하고 있었다

담이 들어 똑바로 누울 수가 없다

아니 어쩌면 갈비 두어 대가 부러진 것인지도 모른다

관짝 같은 구걸의 방에 누워

생각하자니,

어디까지가 산이고 어디부터가 물이었던가

축을 잃은 바늘이 튕겨 나와

오늘 내 누울 곳을 골라

말뚝을 박아 놓았다

---

* 패철(佩鐵). 무덤 자리를 정할 때 풍수가(豊水家)나 지관(地官)이 썼던 나침반(羅
針盤). 하관(下官)할 때에도 이를 쓰는데 관이 놓이는 방향을 바로잡기 위한 것
이다.

환상통幻想痛*

아카시아꽃이 우르르 피지도 않은 봄, 한여름 더위가 몰려왔다고 부산인 날, 전기장판 온도를 높이고 어제를 잠갔다. 그랬으니 그 문이 제대로 잠길 리가 있었겠나? 빨간 보자기를 쓴 여우 할머니의 목소리에 문고리를 잡고 매달려 벽시계만 바라보고 덜덜 떨다가 어느 골목에서는 엄마의 손을 놓치고 오도 가도 못하고 찌릿거리는 고추만 움켜쥐고 발을 동동 구르며 울고 서 있다가 또 어떤 시퍼런 물구덩이에 빠져서는 죽일 듯 말 듯 콧구멍을 쿨렁쿨렁 찔러 대는 매운 송곳에 뒤꿈치를 아등바등 세우고 죽음의 전조로 촤르르르 빠르게 영사되는 필름 소리를 들으며 흐느끼다가… 그렇게 어제와 오늘의 문틈에 끼어 염통이 찌그러드는 고통에 숨을 벌떡거리다가 간신히 오늘로 발을 딛고 일어서 커튼을 젖히니, 아카시아꽃이 우르르 피지도 않았는데 한여름 더위가 몰려왔다고 부산하다.

아, 그랬으니 장판이 눌도록 절절 끓는 아랫목에 어른들 틈에 끼겨 옴짝 못 하던 어린 기억의 밤처럼 오늘로 넘어서는 내내 덜덜 떨며 울고 흐느끼며 숨을 벌떡거리도록 꿈자리가 심란했을 일인데, 이상하게도 그런 밤사이에도 오늘은 차갑게 식어 몸 구석구석 소름의 가시가 거무죽죽 돋았다.

한여름 더위가 몰려왔다고 부산한 날, 달궈진 바위를 찾아 나선 뱀처럼 햇볕이 내리쬐는 마당으로 간신히 기어 나와 웅크려 앉아서는, 그 겨울 뭉텅 떨어져 나간 내 젊은 한때를 잡고 바들바들 떨고 있다.

*   절단된 사지에서 느끼는 통증성 감각 이상. 몸의 한 부위나 장기가 물리적으로 없는 상태임에도 있는 것처럼 느끼는 감각.

몽유병

누가 나를 부른다

꿈인지 생시인지 그 반절쯤인지

거기에 잠든 뒷방의 나를

홰도 없이 끌어 세웠다

가난을 베고 누운 숨은

꿈에서도 가쁘게 몰아쉬다

각혈도 없는 마른기침만 쿨럭이는데

시름시름 말라 가는 공허한 해변

만조의 칼끝은 기면嗜眠의 명줄을 자르지 못하고

햇살처럼 우르르 무너지고 마는 것이다

들물과 날물이 범벅이 된 별도 없는 이 밤에

도스토옙스키의 곰팡이 핀 헛된 영광에* 기대어

사내는 틱 장애 같이 서성이고 있다

* "꿈을 밀고 가는 힘은 이성이 아니라 희망이며 두뇌가 아니라 심장이다."
 ─도스토옙스키

불가촉천민 不可觸賤民

배반을 은혜라 여기게 한 중독된 간肝에게로의 거짓말

얄팍한 타협의 깊이로 파여 침전의 분별도 없이 흘려보내는

부정맥의 심장에 갇힌 아기 고양이의 힘없는 울음

썩은 물이 고인 도랑 같은 혈관을 공명하다

악어의 퍼런 혀가 뒤엉켜 간음姦淫하는 골腦

미안하고 안되었다

내가 문드러진 고름의 탁류濁流

형편

이삿짐을 들여놓고 정리도 못 한 채

십 년이 흘렀다

짐이라야 바랑 하나

술병이 쌓이고 꽁초가 널브러지고

흰 머리칼이 늘어 갔다

이제는 구석에 던져 둔 바랑 안에

무엇이 담겨 있는지

애써 잊었다

3부

사랑의 모든 끝에 대하여

그대 못 견디게 그립거든

그대 못 견디게 그리웁거든
그대가 남겨 준 그리움을 기억하세요
그대 못 견디게 아프거든
그대가 긁은 생채기를 떠올리세요
그대 못 견디게 힘이 들거든
그대가 안겼던 절망을 생각해 봐요
앞서고 뒤쫓는
그대가 굴려 온 어제를 뒤돌아봐요

오늘 내가 안은 이 모든 아픔
끝내는 나를 쫓는 내 어제의 흔적이노니
그대로 인해 눈물 흘리던
그의 이별을 생각하세요

망원경

당신은 나라고 했고

나는 아니라 했습니다

당신은 오늘의 따뜻한 볼록렌즈를 끼고

나는 내일의 차가운 오목렌즈를 끼고

서로 다른 곳에 마음 빛을 모으고 있었습니다

그날이 언제인지 모르도록 날이 가고

당신과 나의 마음이 마주 서는

넉넉한 날이 오면

오늘과 내일의 어긋난 굴절이 하나가 되고

지금은 볼 수 없는 먼 하늘의 별빛

처연하고 아름답게 담고 있을 겁니다

비 내리던 밤

봄비가 사납게 뿌린 밤

잠들지 못하고 뒤척인 밤

섬진강 땅딸보 시인님은

달이 떴다고 전화를 받았다는데

혹시나

그대도 누구의 기별이 닿았을까,

욕심 없는 지금에 잠 못 이룬 밤

새색시 연지 같은 홍목단, 속곳 같은 백작약.

올해도 그대의 울에 병풍을 드리웠으리

향기는 없어도 수려했을걸….

그대가 바라보는 꽃처럼 그러했을걸….

칠월 장미 가시같이 뜨겁던 어제가

힘없는 한숨으로 빗속에 감추던,

잠 못 이루고 뒤척이던 밤

그리운 맘 빗물에 떠 덧없이 흘러가고

쓸쓸한 빈 가슴이 모로 누워

잠 못 이루던

그때 그 비 내리던 밤

비겁한 이별

고개를 숙이는 것은 비겁한 일입니다
어제가 튕긴 화살에 생채기 날까 봐
그 자리 남사스러운 흉이 될까 봐
사부작사부작 뒷걸음치는 것은
비겁합니다

시나브로 멀어져 그림자도 옅어지기를
베어 낼 수 없는 시간아 뭉그러지거라
내일을 막아선 속삭임의 눈웃음으로
스렁스렁 작아지는 것은
비겁합니다

당당하게 돌아서지 못하는
담담한 침묵의 곁눈질

은밀한 지혈

나에게서 너에게서 뒷걸음치는
이별 앞에 고개 숙인 외면은
정말 비겁한 일입니다

이유

만남이 우연이었겠어요
이별이라고 운명이었겠어요
그때 마주 설 수 있던 것처럼
이렇게 된 지금도 그렇습니다

그래서 사랑했고
이별도 그래서 왔습니다

사랑에 끝이 있다면

그래도 사랑이었다 말할 수 있을까
그땐 그랬다 말할 수 있을까
간절한 염원의 열매가 이별이라도
꽃망울은 운명처럼 혼자 벙글거늘

꽃잎 진 후에야 간절하느니
내일의 후회를 앞서 믿고,
후회하자.

궁금에 대하여
궁금에 궁금에 대하여
궁금에 궁금하는 그 궁금에 대하여
사랑의 모든 끝에 대하여

안동역에서

첫눈이 내리는 날 만나자는
내 애긴 줄 알았던 너무 흔한 말
생각하니
한 적도 받은 적도 없던 약속

첫눈이 내리면 만나자던
어긋난 설렘의 그리움들
애달픈 사람마다 눈발을 쌓고
녹고 녹인 그 날이 몇 십 년일까
내 것 아닌 이별에 가슴 부비던
속여 보낸 청춘이 불쌍하지

삼곡. 도담. 단양, 단성. 죽령. 희방사. 풍기, 영주, 문수. 안동,
내 안의 것으로 보듬었던 어제의 착시

차곡차곡 열 손가락 꼽아 가는 밤

나는 오늘
궁핍하게 떠나온
세상의 모든 청춘을 불러
안동역으로 간다

기억의 사슬

그의 그는 그 노래를 좋아했지
그의 그가 좋아하던 그 노래를 듣는 그로 인해
나도 한때 그 노래를 좋아했는데,
그의 그가 그 노래를 좋아했기 때문에
그가 그 노래를 좋아한 것을
그때는 알아채지 못했어

그해 겨울의 깊은 밤
둘뿐이던 주점 문을 나섰을 때
싸락눈 나리던 밤하늘을 올려보며
깔깔거리던 그의 휘청이는 울음 같던 웃음
어쩌면 그와 그의 그가 마주하던
그 노랫소리였다고

모두가 떠난
동화 같던 그 겨울의 마당

지금 또 눈은 나리려는데

나는 그의 그가 좋아해서 그가 듣던

그 노래를 들으며

나와 그와 그의 그를 꿰었던 이별,

그 기억의 사슬 맨 끝에

덩그러니 매달려 있다

Eagles의 〈Desperado〉를 들으며

이별을 고다

토종닭 한 마리를 압력솥에 구겨 넣고

불 꺼진 부엌 냉장고에 기대앉아

비탈리의 샤콘느를 듣는

우憂요일

활은 칼이 되어 내 심장을 자근자근 찢어 대는데

부실한 내 사랑은 누구의 기억에 얹혀

이별의 복달임이 되고 있는가

문밖 호박잎의 푸름이

야속도록 속절없다

나사못

　내 심장을 걸어 잠근 나사못의 홈이 일자였는지 십자였는지 기억이 없는 것은, 처음부터 봉한 적이 없기 때문이었다. 사람들은 제 몫으로 생긴 나사를 열쇠인 양 내 심장에 박아 풀고 조여 상처를 만들어 놓았다. 오늘 나는 "당신 존재의 문을 여는 나사의 홈은 일자인가요? 십자인가요?"라는 야속한 물음을 받고, 그 모든 기억의 맨바닥에 주저앉아 흉하게 얽은 어제를 잡고 외로워했다. 헐거워진 못 구멍 틈으로 담배 연기처럼 새어 나와 사라지는, 얼굴. 내 가슴에 제멋대로 박혔다가 끝내 가시가 되어 떠나 버린….

산수유꽃 젖무덤

그대가 그리운 날

산수유 가지 꺾어 회주灰酒*에 띄우네

겨울 끝의 벼랑에 머뭇거리던 그해

내 손 환하게 잡아 주던 노오란 햇살

엄니의 젖무덤처럼 따숩기도 하였더니

잿간 같은 오늘 위에 봄은 다시 피어

보고팠던 산수유꽃 꺾어 담아

젖이 되었네

산수유꽃 젖무덤은 따숩기도 하지

201703251737

* 막걸리

조건반사

그대, 나의 파블로프여

사육된 허기의 침이 내 음부를 축축이 적십니다

그러고도 넘치는 식탐은 목젖을 쥐어뜯다 뜯다,

기다림의 제방을 범람하는 분노가 됩니다

당신이 들려준 일탈의 휘파람에

온몸의 강단 다 내어주고

소금기 없는 빈 그리움만 넘실거리는

개가 되고 말았습니다

무인도에서

섬이 섬이 아닌 것 같은

사리 때 썰물의 해변

이스터섬의 가분수처럼 서서

나를 떠난 사람을 생각한다

내가 오르지 못한 배를 생각한다

그리고 마르크스란 사내의

가난한 다락방을 생각했다

조금의 밀물처럼

야금야금 차오르는 어둠

그림자 없는 부실한 발등이 사라지고 있다

문신文身

그가 내게 있네

내 목에 내 머리에

심지어 불뚝거리던 남근의 폭동,

그 결연하던 반란의 어제와

겨울 들판의 허수아비로 남아

기억의 나신이 된 오늘에

아, 불도장烙印이 지글거리네

4 부

혼자서만 앓는 독백

다음 생이 있거들랑

여보 당신,
다음 생이 있거들랑
남자로 나소
남자로 나서 당신 같은 여자 만나
한생만 살아 보소

다음 생이 있는 거라면
여자로 나고 싶소
여자로 나서 나 같은 남편 만나
지지고 볶아 보지

그러면 혹시 아오
그 여자가 말 못 한 까닭

그 남자가 입 다문 까닭

그러면 혹시 아오
당신은 남편으로 나는 아내로
그다음 생에 다시 만나
꿀떡만 먹고 살지

다음 생이 있거들랑
꽃으로 나고
새로 나고
바람으로 나고

그러면 혹시 아오
그때
그것이었던 것들⋯

사케를 마시며

혼자 사케를 마시는 것은
넋이 빠져 빗속에 서 있던 일탈을
등 돌려 잠재우는 일이다

옛사람을 감춘 희미한 미소 앞에
못 본 척 마주 앉던 절망을
천천히 곱씹는 일이다

눈 감고 귀 닫고
실없이 웃어만 주던
내 것이 아니었던 술잔,
천천히 식혀 가는 일이다

혼자 사케를 마시는 것은
그때의 얼굴을 따뜻하게 데워
허무한 이별의 입술에 차갑게 적시는

쓸쓸함의 끝에 머무는 일이다

오월 햇살 좋은 오후의 단상

내린 비에 세상이 젖었다

질척이지 않을 만큼 촉촉하다

바람이 푸르다

푸르고도 어리다

햇살이 밝다

밝아도 눈 시리지 않는다

앞선 이 하나 보이지 않아도

시간은 물처럼 막힘이 없다

고개를 숙여도

등을 돌려도

벗어날 수 없는 일이다

이 장엄한 법칙 안에

내가 무슨…

세상은 나만큼 순진하지 않다

세상은 나만큼 고독하지 않다

내가 무슨…

아무것도 아닌 나는

아무것도 될 수가 없다

내 가슴 안에서만 음모하고

순진하고 고독한 내 가슴 안에서만 음모하다 쓰러지다
돌아서고 떠나보내고

혼자서만 앓는 독백이다

나는 누구의 가슴에 담길 수도 남겨질 수도 없다

개미 한 마리도 즐겁게 죽일 수 없는

가난한 잎새 하나.

허락된 시간 안에서만 파동을 그리다

없었듯 잊혀지리라 사라지리라

누구의 가슴 안에서도 기억되지 않으리라

혼자 걷다 혼자 떠나가리라

애써 말하지 않으리라

내 가슴 안에 꾸역꾸역 전부를 쟁이어 놓고

혼자서 눈물 감추며 떠나가리라

뒷모습도 보이지 않으리라

햇살 좋은 어느 때에

없었듯 없었듯

전주역에서

언뜻 졸고 나니 전주란다

이 가까운 길이 흑산도 지나 저어 쪽의 외딴 섬보다 멀었구나

그뿐이겠나,

가난하고 홀대받았다니 그럴 만도 한 일이긴 해도

무식도 하였지…

내가 아는 남도의 모든 곳이

호남선 철로 따라 한 줄로 있는 줄 알았다

언뜻 졸다 깨니 전주란다

안내방송이 끝나고 기차가 떠난다

나는 30년도 더 지난 오늘에야

네가 있던 곳에 가장 가깝게 닿았다가

늙은 고양이처럼 소리도 없이 떠나간다

언뜻 졸다가 닿을 곳을

배란이 끝난 늙은 오늘에야

스. 쳐. 가. 노. 니.

왜곡되었던 청춘의 그대,

용서하라.

똥칠을 하면서도

역사란 산 자의 것
몇 만겁을 돌고 또 돌아
다시 이 앞에 설 날이 올 것이며
그날이 온다 한들
비로소 매화 봉우리 벙글겠는가*

겁이 없어 울지도 못하고
겁이 많아 웃지도 못하는
〈그 외 병졸 혹은 행인 1.2.3〉

애당초 빈방으로 향하는 빈방의 끝없는 개떡 같음.

신념으로 돌아가지도 못하고
타협으로 돌아오지도 아니한 금생이라 치면

똥칠을 하면서도 살아 볼 일이다

없음은 없노라고,

벽에 똥칠하면서라도

질기게 질기게 버텨 볼 일이다

* 김광림 「山.9」 중

불광동 가는 길

3호선 지하철을 더듬더듬 올라타고
불광동 가는 길
앉은 이 서 있는 이 젊은이 늙수그레한 이
모두가 후리미끈 참 잘났다

아내가 중얼거리던 못생겼다는 말
이렇게 못생긴 시인은 처음 본다던
최 선생님의 말씀 거짓이 아니어서
지레 손을 모아 수갑을 채우고 앉았자니

마주 보는 창에 꼭 나 같은 사내
몇 번을 흘겨봐도 꼭 나 같은데
아닌 척 사라졌다 나타났다
눈길을 피하는
정말 나 같이 못생긴 사내

그 사내 정말 나일까 봐 나도 외면하고

쪼그라진 불알 움켜쥐고

비실비실 집을 나서

일찍이 부처의 서광이 서렸다는 곳

불광동 가는 길

슬픈 술

조금씩 늦어진 시계가 이젠 두 바퀴 반이나 뒤처졌다

이놈은 뭘 믿고 느리적거리는 건지

신경을 써 봤자 말발 안 서는 내 속만 상할 테니

그냥 내버려 두자

그래도 내 밤을 지키는 유일한 동료다 보니

가끔 놈을 흘겨보곤 하는데

이놈에겐 제 편을 만드는 마법이 있는 건지

뒷짐을 쥐고 어그적 걷는 지진遲進을 잊게 한다

오늘도 놈의 뒤꽁무니를 잡고 밤을 나다

새벽 세 시의 공복을 채워

꾸덕꾸덕 마른 짠지가 담긴 대접을 들고

사발 한가득 술을 따른다

아삼삼하게 경쾌한 취기가 온몸에 퍼지고 난 후에야

또 속았음을 알았다

내 밤은 늘 그 마법에 취해

날이 밝았어도 별이 들지 않는다

나는 화가 나서 서둘러 시간을 비우고

또 한 대접을 가득 채우고, 비우고

채웠다

아끼던 담배에 불을 붙이고

창자 맨 끝 바닥까지 닿도록 쭈욱 빨고

또 한 대접의 술을 따르는데 놈이 묻는다

두 바퀴하고도 반의 시간을 더 살게 되었으니 아름답지 않아?

어쩌면 놈의 뒷짐은 충분히 계획적이었나 보다

그 한마디에 의도된 취기의 외면은 끝 간 데 없이 추락하고

술이 마신 내가 슬펐다

내가 마신 술이 슬프다

온 곳을 알고 갈 곳을 안다

그래도 산 개똥밭이라고 늘 배반의 주문을 외워 왔지만

잔에 따라 마신 것은 시간의 배반

객혈咯血로 마감한 광인狂人의 끝,

고독한 절명絶命의 영광아

내게 있어라

아무렇지 않은 날

아무런 날

아무렇지 않은 것처럼

카페 지중해를 찾아 막걸리를 마셨다

마담과 껌벅이는 눈을 맞추며 아무렇지도 않은 척

기억나지 않는 시답지 않은 얘기를 나누다

비집고 나오는 아무런 것에 당황하며

아무렇지 않은 척

잔을 비우다 말고 집으로 돌아와

아무렇지 않은 척 서둘러 이불 속으로 들어갔다

아무랬으나 아무렇지도 않았던 오늘 아침

아무렇지도 않은 것처럼 자리에서 일어나

아무렇지도 않은 것처럼 세탁기를 돌리고

아무렇지도 않은 것처럼 화장실을 청소하고

아무렇지도 않은 것처럼 쓰레기를 정리하고

앵두꽃이 아무렇지도 않게 피어난

화단 가에 앉은 아무렇지도 않은 날

아무렇지도 않은 것처럼

혼자 커피를 마신다

아무렇지도 않은 것처럼

아무렇지도 않은 날.

허기虛飢 2

　모텔 발렌테이의 네온사인 하트가 부서지는 유리창을
마주하고

　편의점 밖 구석에 웅크려 청춘의 한때를 마중한다

　찐 계란 하나 백 원. 쐬주 한 글라스 사백 원. 청자 담배
이백 원. 커피 삼백 원.

　편의점 파라솔 아래 앉아 쐬주를 깐다

　구운 계란과 THE one 0.5와 저 알코올 소주

　그렇게 그와 앉아 그녀들을 불렀다

　담배 한 갑을 다 태우고서야 그녀는 그의 손을 잡고 일어
섰다

　청춘의 기억을 접으며 떠나갔다

　나와 그녀가 담배를 피운다

　그녀의 웃음소리만큼 담배가 맛나다

　먼지 같은 웃음을 실없이 던지는 동안

　관심도 없는 벌레가

　내 무릎까지 올라와 두어 바퀴 맴돌다

관심도 없이 떠나간다

그녀도 함께 떠났다

그녀는 내 동정童貞을 원하지 않았었다

그녀도 내 동정을 원하지 않는다 했다

내 사랑은 언제나 순결한 처녀에게 올리는

기도였다

기도다

매운 무를 먹고 난 후처럼

명치끝이 짜르르 쓰려 왔다

술이 그리움인지 그리움이 술인지

창자 속에 뒤엉켜 아우성이다

허기다

순결한 사랑 앞에 마주한

내 동정童貞의 오랜 허기虛飢였다.

나의 돌

나는 깨어진 돌
돌은 무모한 어제
어제는 사금파리가 된 오늘

동심원의 꼭짓점에 던진
무수한 팔매질

스르르
스르르
허상의 파문으로 잠겨 버린
무영無影의 돌멩이들

그대 밖의 내 안의 돌

내가 누구의 무엇이 될까

그날이
그 사람이
내게로 와 詩가 되었네

나는
흐린 날의 구름 속에 머물다
낙조처럼 잊혀 가는데

나의 오늘아,
나의 사랑아,
누가 나를 기억하여
詩가 되겠나

두통

거죽과 거죽 안에
가시를 돋고 사네

내게 오는 것을 막고
내가 나서려는 것을 막네

내 오늘은 늘
그만큼에서 서성이네

변색

주점 지중해의 벽면에 걸렸던
터줏대감 같은 액자 하나
어느 술꾼이 휘청이다
떨어지고 말았는데
잊었던 시간이
새하얗다

내 주름살
어느 곳을 가르면
저 속살 같은 다짐들
풋내 나는 설렘으로 울렁이겠나

비바람에 대한 소묘

비바람이 치면

우산을 움켜쥐었습니다

비에 젖으면 안 될 일이었습니다

그러던 언제부터인지,

홀떡 뒤집혀 흠뻑 젖더라도

맞서지 않았습니다

비를 가려도 비에 젖어도

가고 있는 길은 같은 곳이었습니다

삼판승 彡判僧*

신성한 율력의 땀 흘리지 못하고

기름진 광명의 빈방에 정좌도 못 하고

이판理判도 아니고 사판事判도 아니고

비구比丘도 아니고 대처帶妻도 아닌

요사채 댓돌 곁에 웅크린 늙은 견犬보살

터럭 끝에 매달린 탑시기 같은

나는,

* 彡[터럭 삼]. 터럭. 머리털 따위.

오줌의 빛

친구 원용이 엄마는 주태배기라고 했고
쌀집 노 씨는 반 미친놈이라고 했고
더러는 기인이라고 했고

어떤 때는 두붓물 같고
어떤 때는 간장인지 콜라인지
더러는 비누 거품 같기도 한 것

주태배기 반 미친놈이
기인이 되는 날에야
맹물이 되는

태엽

운명殞命으로 벗은 칼項鎖
칼이었던 수갑

날마다 다잡지 않으면
죽어 버리는

이렇게 죽어 버린
한 번도 멈춘 적 없던
숭고한 노동

당신이 남긴 시계 속에….

5부

———

서러운 얼굴이여

그 여자의 외출

비가 눈으로 섞여 뿌리는 밤

조치원역 광장 구석의 비어홀

부실한 겉옷의 키가 작은 여인이

바람을 안고 들어왔다

치킨을 주문하고

망설일 것 없이 맥주잔을 잡고 앉았다

포장된 치킨이 계산대에서 식어 가도

좀처럼 일어서지 않았다

그렇게 한동안 술잔을 늘려 가다

치킨 상자를 아무렇게나 들고

눈 속으로 사라지는 뒷모습

휘청이는 발걸음을 보고서야

어쩌면 엄마가 아니고 여자이기를

어쩌면 지나온 시간을 되감고 있었다고

어쩌면 기차에 다시 올랐겠다고

어쩌면 기차에 오르지도 못했겠다고

술잔을 잡고

손목에 시계만 바라보던 여자

그때 그 자리에 혼자 앉았던

그 여자

바람 앞에 내놓지 말 것

바람과 비에 젖으며 꽃잎 따뜻하게 피웠다는데*

아니어요

아니어요

흔들린 꽃에는 가시가 돋고

흔들린 여자는 가슴을 닫아요

꽃과 여자는 바람 앞에 내놓지 말어요

* 도종환 「흔들리며 피는 꽃」에서 인용

후회는 너의 몫

나를 걸어 잠그고 나서지 않는 동안

기다려 주지 않은 시간과

돌아오지 않는 사람

내 안에 앉아

알 수 없었거나

그때는 알려고 하지 않았던 것들

지금의 내게 후회로 남은 것처럼

지금은 아직 네 것이 아닌 것들에 대한,

교동, 옛 거리에 쏟아지는

"아, 아, 오늘은 대청소의 날입니다"

아침저녁으로 정씨가 방송하던 문화원 아래 딸 부잣집
에서 길을 건너면 평생 일만 하던 큰 공 서방 집에서 모퉁
이를 돌아 문화원 옆 설계사무소 아래 동사무소 끼고 골목
끝에 창새기네 집 맞은편 읍사무소 귀퉁이 문화원 뒤편의
예비군 읍대 왼편으로 커다란 농협창고 끝나는 곳에서 오
른쪽으로 돌아 행길 건너면 딸 부잣집 외할머니 친정집 담
을 넘으면 딸 부잣집 7남매가 다닌 교동국민학교 아름드
리 플라타너스 길이 끝나면 왼편으로 쭈욱 올라가다 철조
망 끝의 조치원여자중고등학교 울타리 밖의 아카시아가
발 담근 툼벙 오른쪽으로 빵 공장 맞은편에 한삼덩굴 창창
한 수원지 철조망 앞 논길로 쭈욱 내려와 보건소 지나 왕성
극장 골목으로 접어들면 노오란 모과가 주렁주렁 매달린
다정집 지나 왕성극장 옆 도냉이네 이발소 옆에 해태의 집
마주 보는 전매청 지나 우체국 길 건너 신흥약국 세 살던

선화네 집 고바우 대본 옆 장만이네 교동야식 지나 교동아
파트에 장만이 삼촌의 목발의 바다 지하에 희다방 뒷문으
로 나오면 역파 옆 철도 소화물 취급소에서 올라가면 낚싯
대 공장 골목으로 들어가다 합기도체육관 앞 엄 상사네 왼
편 골목에 농촌지도소 아래 맞은편 서장관사 골목 끝에 넝
마꾼 고물상 건너편 작은 공 서방네 가마니 공장 옆 침산지
하차도 옆에 동아설비 옆 방앗간 집 옆 골목 오른편에 계룡
아파트 왼편에 목화아파트 길 끝에 보건소에서 우측 끝에
길 건너면 가발공장 맞은편에 보건소 앞 건물에 예비군 읍
대 본관 군청을 둘러싼 측백나무 울타리 이웃한 한전 끝에
산림조합 권 상무네에서 왼편으로 돌아서면 읍사무소 앞
에 늘어선 높다란 포플러 아래 논을 메꾸는 쓰레기차가 멈
춘 교동국민학교와 등기소 사이에 날리던 은행잎 길옆에
삐까삐까 작은 공 서방네 맏사위 송 씨네 딸 아영이 공주의
피아노 소리 끝에서 오른쪽으로 돌아 동화목공소 옆 교육
청 맞은편 농산물 검사소 위로 전신전화국 길 건너 딸 부잣
집 엄마 국민학교 동창이 하던 자전거포 위에 방앗간 옆에
문화 사진관 옆 문찬이네 집 지나면 썬다방 마주 보는 서울
이발소 골목의 권투 체육관 맞은편의 엄 상사네 집 옆 골목

끝 키 커다란 홍수 엄마네 집을 돌면 붓꽃이 섬을 이룬 툼
벙 끝에서 길을 건너면 신홍약국 옆에 미미상회 옆에 영풍
각 옆에 엄 상사네 백년예식장 아래에 서울체육사 옆에 백
년다방 옆에 기업은행 옆에 농산물검사소 옆에 전신전화
국 옆에 우체국 길 건너 한성문구 위쪽에 산파 집 길 건너
조치원 세탁소 지나 보훈회관 옆 월선이 엄마네 탁주 집 옆
노 씨네 건물에 신진 오토바이 옆에 용운다방 아래층에 서
울체육사 길 건너 2층에 합동 대서소 아래층 연묵당 표구
사 맞은편 골목에 덩굴장미 흐드러졌던 성 씨네 딸 부잣집
에서….

누님 동생도 떠난 거리
아버지 어머니도 떠난 거리
기억하는 이가 기억이 되어 가는
어제의 감광지에 쏟아지는
불한당 같은 햇살의 역광

여자의 커튼

퇴근한 아내가 밥상머리에서

뜬금없이 내뱉은 말

"나는 참 괜찮은 여자여요"

눈알을 뱅뱅 굴리며 또 묻는다

"그렇지 않아요?…"

나는 아내의 생경한 자찬自讚 넘어

숨겨 둔 이야기를 조합한다

내가 알고 있는 어떤 이거나

아니면 이 여자의 이야기일

시스루 같은 독백의 비밀을 상상한다

무엇이 아내의 오늘에 면류관을 씌웠을까?

무엇이 나를 복받은 남자로 만들었을까?

코끝만 보고 걷는 줄 알았더니

의뭉스러운 웃음에 드리운

여자의 커튼이 흔들리고 있다

어느 60대 노부부의 이야기*

목경이** 엉아가 물 건너 유학을 갔을 때
자취방 창 너머의 노부부를 보며 지었다는 노래
광석이***가 마포대교를 건너던 시내버스 안에서
울음을 터트렸다는 노래

죽은 광석이를 기리며 부르는 노래를 듣는데
꼬리가 흔드는 돼지 몸통마냥 온몸이 꿀렁거린다
몸을 옆으로 틀고 아구를 깨물수록
사지가 부들거리고 모가지가 꺼떡거린다

이런, 육시랄
울대가 더는 건디지 못하고 끅끅 소리를 내더니
눈치도 없이

주르르

누님이

누님을 생각하실 매형이

아버지가

아버지를 생각하실 어머니가

이만큼의 나와

저만큼의 내가

---

*   김목경이 발표한 자작곡 노래. 후에 서유석, 김광석 등 여러 가수가 부름.
**   가수 김목경
*** 가수 김광석

옛집*에 걸린 달

"글 기둥 하나 잡고 연자매 돌리던 눈먼 말"**
서울 한 귀퉁이 좁은 하늘 아래
고삐를 묶었던 곳

종잇장 넘기던 잔기침 소리
부딪는 나뭇잎에 바스라지는데
성북구 옛집의 처마 끝에
평사리 들판의 달이 걸렸다.

---

* 　성북구 보국문로29가길 11. 대하소설 『토지(土地)』의 작가 박경리 선생이 1980년
　　강원도 원주로 이사 가기 전까지 거주했던 가옥이다.
** 　박경리 시 「눈먼 말」 1 연의 차용

내 동생 이쁜이

수수 빗자루 거꾸로 들고 두드려 패던 날

가슴으로 낳는 아이도 있다고

평평 울던 내 동생 이쁜이

맏며느리가 된 막내딸

내 하나뿐인 동생 이쁜이

아버지의 심장에 뭉떵 구멍을 내고

사랑을 쫓은 내 동생

꽃이 피는 것은 알았는지

휘도는 바람에 흔들리지는 않았는지

빗속에 혼자 웅크려 울지는 않았는지

어느새 쉰이 넘어선 내 동생 이쁜이

이제는

꽃을 보고 바람에 안기고 빗속에 서서도 살가워하며

아버지의 허물어진 가슴을 메워 가는

내 동생 이쁜이

밥하는 여자

꽃 순을 삭혀 감주를 담고
바람을 얽어 조청을 고아서
주섬주섬 밥을 입고 길을 나섰어
기웃기웃 집 앞을 어슬렁거리는데
무쇠솥이 걸린 아궁이에 불을 지피며
탁 탁 탁 탁 부지깽이를 두드리는 사람
이름 한 번 속 시원히 부르지 못하고
문설주만 쓰다듬다 돌아섰다네
감주는 쉬어서 기억쯤이 되고
조청은 굳어 후회쯤이 되려나

무쇠솥에 연을 넣고 달이는 여자
부지깽이로 제 가슴만 패대는 여자
뒤돌아 앉아 밥하는 여자

법주사 대웅보전에 무릎 꿇고

이 업보의 아들은 할머니가 둘입니다
이 업보의 아들의 아버지는 할머니가 셋입니다
이 업보의 남편은 엄마가 둘입니다
이 업보의 남편의 아들도 엄마가 둘입니다

법주사 대웅보전 삼신불 앞에 무릎 꿇어
그녀 앞에 멈춘 옛 바퀴의 고삐를 잡고
보시를 받으사

섭식장애

편의점 햄버거를 꾸역꾸역 물고

집으로 돌아오는 늦은 밤길

불뚝성 같은 허기와 포만

그대의 거식증을 이해한다

그대의 폭식증을 이해한다

이해하라

이해하라

채워지지 않는

비워지지 않는

서러운 얼굴이여

세월

볕 좋은 날

빨랫줄에 널은 브래지어 세 개

연분홍의 탱탱 봉긋한 큰딸의 향긋한 사과

밤 고양이 울음이 검은 레이스에 감친 마누라의 잠자리
날개

흐물흐물 해진 걸레같이 늘어지고 시르죽은 엄마의 젖
껍데기

알 수 없는 흥정

할아버지는 놋대접에 고봉밥을 쏟아 넣고 생채 나물에 푸성귀 얹어

고추장으로 썩썩 비벼 잡수시는 것을 좋아하셨다

할머니는 비벼 먹으면 가난하게 산다고

눈을 흘기며 조곤조곤 타박하셨지

아버지는 색색의 꽃으로 화단을 꾸미고 담장까지 장미 넝쿨로 두르고

먼 후일의 푸른 그림자를 드리워 등나무를 심었다

어머니는 집안 베베 꼬인다며

심는 족족 뽑아 버렸지

나는 내가 무엇을 하는지도 모르는 복잡하고 기괴한 지금을 살고

아내는 정체도 가늠 없는 나의 발광을 안고

어슷하게 돌아누운 묵언 수행 20년

그렇게, 지금은 알 수 없는 답을 사이에 두고

나머지 값없는 흥정을 한다

바닷속으로

　용서받을 수 없이 가벼운 오늘은 세월이 던진 장엄한 중력의 심판으로 예에 닿노라. 나는 바람이 되지 못하고 구름도 되지 못하고 이 무광無光의 처음에 닿았노라. 아, 묵언이여, 침묵이여, 스르렁 가라앉아 엎어진 주검이여, 열쇠를 찢고 나온 담담한 어둠이여…. 떠돌지도 못하고 수억겁 동안 쌓여 썩어 가는 원혼의 바닥을 움켜쥔, 당연한 내 비명의 경직硬直이여, 찬란한 어둠의 끝이여.

섞어 타령

엄마는 기억 속의 장독 타령
마누라는 해진 지갑 돈타령
애들은 '그래서 어쩌라구' 타령
나는 나도 몰라 술타령

6부

———

찬란한 망각

개층*

레이스가 눈부신 양산을 쓰고 여인이 지나간다
여인을 앞서 사뿐사뿐한 중세 귀부인,
흰 드레스 밖으로 곧추선 꼬리가 도도하다

엄마의 짧아진 허리를
농협 앞 화단 턱에 기대어 늘리는 동안
목줄에 매어 두고 온 암 난 천족賤族
구박 덩어리 삼월이**를 생각했다

구차스럽긴,
사료를 외면하는
비린 것에 착각한 자아
그것만 아니면 된다

*   계층階層의 의도된 오기
**   집 마당에서 기르는 믹스견의 이름

깨죽을 먹으며

콩나물국에 밥을 말아 속만 남은 김치통을 꺼내 앉았는데, 국 위로 떠오르는 검은깨*. 이십 몇 년째 늘 그러하니, 그러려니 건져 내곤 하는데…. 심사가 뒤틀린 이런 날은 깨가 해바라기씨만 하게 보이는 것이, 옆으로 웅크리고 누워 둥둥 뜬 그 특유의 모습에서는 구역질까지 올라온다. 이 긴 세월을 흑임자죽을 먹고 살았으면 남들보다 저만큼은 나서 있어야 옳은 일일 텐데, 한 발짝도 앞으로 딛지 못하는 제자리걸음, 까맣게 화석이 되어 버린 내 오늘 위에 자글자글 접히는 무력한 주름살. 그 켜켜이 쌓이는 담벼락.

* 쌀바구미

건달 농사꾼

이름을 건네기 앞선 인사에
세종시 문화원장이 넘겨짚은 대답
"아, 서면에서 오이 농사지으시는…."

부산에서 이주 온 시인 아줌니
통성명 후 처음으로 묻는 말이
"농사 지세예?"

신청한 서류 찾아
읍사무소 창구에 다가서니
"농지 원부 신청 하셨나유?"

낯빛이 허여멀건 해야
글쟁이 품새가 나는 모양인데
땡볕 냇가에서 죙일 물장구친
촌 머슴아 그을은 목덜미처럼

속살부터 까무잡잡한 태생인 걸 어쩌나

제미,

얼굴이 검으면 다 농사꾼인가?

괘씸함에 곰곰 생각하니

시 농사도 농사라 저어할 일이 아닌데

다시 곰곰 생각하니

밭에 거둔 것이라고는

피도 살도 안 되고 돈도 못 바꾸는

못생기고 벌레 먹은 지질한 것뿐이었네

설겅설겅 빈 지게를 지고 어슬렁거린

건달 농사꾼이었네

경사 난 날

오늘은 국경일

가식과 거짓으로 진실과 정의를 왜곡했던

불한당 협잡꾼 모리배보다도 못했던 개잡놈

은팔찌 채워 감옥소에 처넣은 날

"이게 다 새빨간 거짓말입니다. 여러분!"

알 만한 사람은 다 아는 거짓말로

착하고 모짐 없던 선량한 이웃들

바보 등신 만들었던 죽여도 시원찮은 놈

돈이면 최고니 지옥 불 불러

용산의 거랭뱅이 다 태워 죽이고

사천오백 리 금모래 밭에 콘크리트를 처발라

똥물 만든 상 미친놈

앞으로 받아먹고 옆구리 찔러 긁어먹고 뒷구멍으로 훑

어 먹고

돈이라면 환장하는 구멍 난 독 같은 놈

일가 친족 싹 끌어다 돈 귀신에 씌인 놈

그러고도 뻔뻔하게 당당한 놈

쥐새끼처럼 생긴 놈

쥐박이라 불리던 놈

개잡놈 칼 씌워 콩밥 먹이려 끌고 간 날

십여 년 막힌 체기 시원스레 뚫린 날

탁주 집이라도 하고 있음

"경사 난 날 오늘은 공짜"라고

써 붙이고 싶은 날

태극기 뜨겁게 내다 걸고 싶은 날

매크로파지*

시끄러운 곳에 가면

어김없이 있지

등 돌린 곳에 가면

거기에 또 있지

몰상식이 희번덕거리며 웃는 곳이면

분노의 퍼런 눈으로 늘 홍길동처럼 나타나지

자칭 통일운동가 이 씨

노래방 〈아침 이슬〉에 얹혀

왕방울만 한 눈을 끔뻑이는 울보 이 씨

그런 이 씨가 마빡이 벗겨지도록 이 더운 날

삼보일배를 했다는데

밖에 것이 안이 되고

안의 것이 밖이 되어 버린 허탈한 벽을 향해

삼보일배를 한다는데

1분도의 꼬리가 껄끄러워진

7분도의 아끼바리 같은 오늘을 향해

삼배구고두례三拜九叩頭禮를 한다는데

오죽하면 피 절구질이랴만

변방의 허접한 삼류시인,

가난한 용역 개돼지 마누라의

장날 표 해진 부라자라도 챙겨 주었더라면

단백질의 혼돈스런 멀미**가 덜했을까

*   macrophage. 동물 면역세포의 하나. 잘려 나간 도마뱀 꼬리 재생에 직접 관여
     하는 것으로 밝혀짐.

**   rejection reaction. 면역 거부 반응

새 길 위에 서서 부토敷土를 하다

그날 오후

자전거에 매달려 슬렁슬렁 집으로 가다

대동학교 못미처 기어이 울렁증이 도졌다

자전거를 지금에 바치고 서서

벼락같이 뚫리는 당황스런 길 위를 서성인다

아직은 로드 롤러road roller가 다지지 않았는지

그 봄밤의 빗줄기와

그 여름의 별빛과

그 겨울의 가슴 터지던 서러움이

걸음마다 자라락 자라락 부스러졌다

아스콘ascon이 깔리고 나면 사라질

어제를 캐기 위해 가슴에서 꺼내 든

10호 크기쯤의 휠버트filbert 붓

이미 형체도 없이 바스러진 흙더미 속에서

너의 이름을 수습하는 오늘

호미와 괭이는 소용없도록 남겨진 것이 위태롭다

한 시대가 허물어진 자리에 없었던 듯 새 길이 나면

고향을 등졌던 외면처럼

너도 내게서 낯설어지려나

베갯잇 속 부적처럼 꽁꽁 감춰 두었던 것들

흠나지 않게 붓 끝으로 살살 더께를 벗겨 들고

머언 시간을 멈춰 섰던 막다른 고샅길에

쓸쓸이 뿌리는데

호루라기

울림통이 요만하기로 깊은 맘까지 고만하리오

현이 없다고 가슴 저미는 떨림도 없다 마서요

아무리 울어도 그대에 닿지 않는 통곡

행여 뒤돌아볼까 멈출 수 없어

창자 끝을 말아 올리는

날숨입니다

코털

코털이 이리 자라 있는 줄은 몰랐다.

몰랐으면 모를까,

내가 날 알고 난 후에야 마주 선다는 건 스스로 허락할

수 없는 배반.

참아 내던 웃음이 넘쳐 얼마나 측은했을까?

식욕이 없다던 네 역겨운 속을 이제야 알았다.

몰랐으면 모를까,

이 꼴을 하고서 마주 서는 창피함은

없을 일이다.

콧구멍에 흰 털

늙은 잡종 개처럼
콧구멍에 털이 세상 밖으로 삐져나온 날
아버지가 면도하시던 거울 앞에
족집게를 들고 섰다

어라, 이것 봐라
흰 털이다.
콧구멍에 흰 털이라니
아무도 알려 주지 않은
기가 차는 노릇이다

아버지,
얼마나 많은 절망에 마주 서고
얼마나 많은 시름을 삭여 가며
세어 버린 세월을 안으로 감춰 두고
티도 없이 그토록 당당하셨느니

그 많던 나방은 어디로 갔나

아버지가 올라선 의자를 잡고
백열등이 '번쩍' 빛을 찾은 밤
삐걱이는 마루 위로 쏟아지던
익룡翼龍의 검은 그림자

문전박대의 문둥이 해코지 같던
퍼덕이는 두려움의 은빛 섬광들
지금은 어디서 어둠을 가르나

빛의 바다에 떠 있는 오늘,
보이지 않는 등대

아,
찬란한 망각은
무덤덤도 하여라

북어 미역국

조치원 오일장

완도산 마른미역과 북어채를 옆구리에 끼고 서둘러 집
에 와서는

미지근한 물에 둬 줌 담가 벅벅 주물러 놓고

북어와 표고를 들기름에 달달 볶다

미역을 건져 물기를 짜내고 조선간장으로 간을 하며 함
께 볶다

물을 야금야금 부어 가며 북어 미역국을 뚝딱 끓였다

뚝딱 끓인 미역국이 맛이 참 좋다

소고기의 힘줄이 다 녹아내리고

미역 뼈가 흐물흐물 주저앉도록

밤낮을 고아 진을 빼야 했다

죽인지 국인지 분간이 안 되도록

시간의 바닥까지 독독 긁어 끓이고 또 끓여야 했다

그 질펀한 포식의 밑바닥에

물린 입맛의 수저를 댕그랑 집어 던지는

그게 너의 미각이었다

원래의 식성

처음부터 뚝딱 뚝딱이었다

그래, 뚝딱뚝딱

미역국도 잘 끓였는데

식성에 반하는 맛남이란,

무료하게 질주하던 삶의 하루

휴게소에 들러 켜는 기지개 같은

별식 혹은 별남이었다

뚝딱 끓인 북어 미역국

맛이 참 좋았지만

너의 식성은 아니었지

별식 혹은 별남이었던

뚝딱뚝딱 끓인 북어 미역국

수저를 집어 던지기 전에

졸아붙거나 쉬어 버려야 했다

그 미쳤던 미각으로부터

꽁초와 고추장

집으로 돌아와서는

크리스털 재떨이에 햇꽁초를 얹어

배부른 내일의 돌탑을 쌓다가

플라스틱병 바닥의 고추장을 독독 긁어

허기에 말은 오늘을 보시布施했다

취중의 망념은 피대皮帶가 되어

무표정하게 어제를 채웠다

포만한 상심 위에 덮인 바닥난 매운맛이

섬뜩하다

비워질 꽁초나 비어 버린 고추장이나

원수 같은 부부의 해로偕老와 똑 닮았다

장 뚜껑을 재떨이에 덮은 것이

취기 때문만은 아닌 듯하다

시든 파

조금이라도 실한 것을 고르느라
조릿대만 한 몇 개가 담긴 봉투를
재켜 보고 뒤집어도 보고
들었다 놓기를 몇 번

그렇게 사다 놓고 며칠
부엌 구석에 쑤셔박혀
꾸들꾸들 말라 간다

감춰 둔 날개도 없고
독 오른 속살도 없으면서
어쩌자고 자꾸 껍질이 되어 가나

누가 어제를 골라 사고

누가 오늘을 던져두었던가

이제부털랑,

남은 지금이라도

숭덩숭덩 아낌없이 썰어

미련한 어제를 해장할 일이다

늙은 똥

좌를 보시오

그 실없던 웃음이 숙녀용에는 남아 있을까

우를 보시오

빨간 빤스를 입고 어설픈 동정을 탐했다던 친구 누이는

뒤를 보시오

지금은 누구의 가슴에서 잠자고 있을까

뭘 봐

거름이 되지 못한 내 푸른 똥을 남기고

더 깊은 꿈속의 미로로 나서는 일이었다

자이로스코프gyroscope

네 시 반
충분하게 잠을 잤고 넉넉하게 오늘을 맞았다
간섭받지 않는다면, 잉여도 복되었다
아, 하여도 이 또한 유한의 허상
잉여는 성근 북데기 같은 나의 뉴런neuron

멈출 수 없는 망각이 쉼 없이 구르는데
메스껍지도 어지럽지도 않은 여기는
밤도 아니고 낮도 아닌
다섯 시 오십오 분

덤덤한 통증의 침묵은
이미 절제切除의 관절을 넘어서
나는 지금 산 것
나는 지금 죽은 것

사과

빨간 똥을 싼 일요일

기도하지 않았네

게으르게 설거지를 하고도

볕의 가시가 무뎌지기를 기다렸지

화장실을 청소하고,

개털을 쓸어 담고,

휴지통을 비우고,

낮과 밤의 정조기停潮期가 되어서야

오래된 집 마당에 홀로 앉아

앞선 이*의 사과를 베어 물었네

물은 들고 나는 일인걸

사과하지 않았네

---

*   스피노자(Baruch de Spinoza, 1632~1677). 네덜란드 출신의 철학자.

한치

가분수의 몸뚱어리

볼품없는 짧은 다리

그래도 대양大洋에 사노라

잔잔한 민물에 악수할 줄 모르는

꼭 내 손바닥 같이 생긴 놈의

애처롭고 측은한 발파닥발파닥….

7
부

꽃의 기억

"아가, 부엌에 가서 냄비가 눈물 흘리나 보고 와."
"네."

어머니께서 무엇을 하고 계셨는지의 기억은 확실치 않습니다.

팔베개하고 동생을 재우고 있었던 듯도 싶고, 구멍 난 양말을 깁고 계셨던 듯도 싶고, 콩깍지를 까고 계셨던 듯도 싶고, 뜨개질하고 계셨던 듯도 싶고……

젊은 어머님은 거기 그렇게 계셨습니다.

어머님의 목소리가 저만치에서 들리면, 어린 나는 오래된 일식 가옥의 긴 마루를 통통통 달려가 움푹하게 들어간 부엌에 내려섭니다. 그러고는 연탄 화덕이 들어 있는 부뚜막 앞에서 까치발을 하고 된 김이 나고 있는 냄비를 올려봅니다.

"엄마, 엄마아~~!"

"응?"

"냄비가 눈물 세 방울 흘려~~"

"그래? 그럼 불구녕 다 막아 놓고 와."

나는 지금,

씻어 불린 쌀을 양은 냄비 대신 스테인리스 냄비에 담고 연탄 화덕 대신 가스레인지에 올려 떨어진 어머니 진지를 짓고 있습니다.

그때의 젊은 어머니는 주름이 자글거리는 병든 노파가 되어, 아들의 성화에 떠밀려 오래된 마당 한쪽에 앉아 졸고 계십니다.

그때의 그 아가였던 나는,

이 빠지고 흰머리가 숭숭한 아저씨가 되어 가을을 맞고 있습니다.

2017.08.08, 15:09

꽃 한 송이

이쁘게 피었다
곱게 졌습니다

옥獄

언 미역국을 깨어 작은 냄비에 덜고 소반에 받쳐 안채로 건너가는 문턱을 넘어서다 허리가 뜨끔하며 주저앉고 말았습니다. 밤사이 한기에 포박되었던 허리가 갑작스런 해방에 놀란 것입니다.

이불을 머리끝까지 덮어쓴 노모는, 머리를 산발한 늙은 아들을 보며 웃습니다. 짠지를 잘게 찢어 밥 위에 얹어 드리며 늙은 아들도 같이 웃습니다.

설거짓거리를 우선 담가놓고 베개로 만든 칼을 부목副木 삼아 허리를 세웠습니다
담배를 핍니다

아내와 큰딸은 직장으로 아래로 두 아인 가방으로 옥문을 열고 아침이면 이 몹쓸 울에서 벗어납니다
세월과 바꾼 빈 옷을 걸친 노모와 삐꾸 다리 늙은 아들만

남아 옥을 지킵니다.

　무지개의 뿌리를 찾아 길 떠난 이들은 결국 되돌아 떠난 곳으로 오고, 내 있는 자리가 행복의 시작이라고 말한답니다만

　얼음의 포승줄에 묶여 갇혀 버리는 가난의 옥獄에 기어 들어 올 사람들이나, 옥의 한 가운데에 부서진 묘석墓石처럼 버텨 앉은 발 없는 나는, 참으로 한심스런 죄수입니다.

　파옥破獄
　뭔지도 모르는 이국의 암호입니다.

J.J Cale/Cloudy Day를 들으며
201212261333수
어머니 첫 추석 후 23일째 날 쓰다

엄마의 춘분春分

장독 턱에 달래 순을 뽑아 된장국을 끓인 봄날
엄니는 털조끼를 걸치고도 등이 시려 하시는데
쏘아붙이는 며느리의 타박이
장국에 썰어 넣은 청양고추만큼 독하네

여보게, 그러지 말게
어머니 한평생 하신 말씀
흰소리 한 번 있었는가
그른 말씀 한 번 있었는가

당신 지름 짜내 등불 만들어 들고
못난 아들 넘어질라 앞장서신 평생일세
거죽뿐인 굽은 등에 볕이 쉽게 들겠는가
춘분이면 어떻고 하지인들 어떻소
엄니가 춥다시면 정말로 추운 게지

병신년 첫날,
늙은 양을 먹은 개의 데포르마숑déformation*

정월 초하루

늙은 양을 질질 끌고 집을 나섰다

대문 밖 서너 걸음을 발로 차이며 기어가다가

보훈회관 입구 도서대여점 은행나무에 이르러

허리를 접고 고개를 쑤셔 박으며 모로 눕는다

근 일주일간을 토악질을 하며 빌빌거리더니

의사의 처방도 감춰 놓은 산삼을 먹여도 허사였다

설 연휴가 시작되기 전 병원에 끌고 가려다

우리 바닥에 쑤셔 박혀 꿈쩍하지를 안 한 탓에 아니지

한두 번 그런 것이 아니었으니 좀 지켜보자는 생각으로

내버려 두었다

설 명절이니 사람 일이 우선인 거지

털도 못 깎고 젖도 못 짜고 고기도 질길

늙은 축생이 대수였겠나

은행나무 옆 우체통을 철거한 자리에 모로 누운 양을 내

자에게 지켜보라 하고

읍사무소 마당에 세워 둔 구루마를 끌고 왔다

구루마에 오르려 내 바짓가랑이를 잡는 것을 매몰차게

뿌리치고

밖으로 삐져나온 한 발을 안으로 걷어찼다

구루마를 끌고 가는 내내

뒷봉창에 꽂은 휴대전화가 징징거린다

예약된 병원에서도 짜증이 날 일이다

맛난 것도 먹고 덕담도 주고받고

그리고 남긴 시간에 산과 들로 놀이도 가야 할

정월 초하루 설날에

쓸모없는 늙은 가축을 기다리다 문 닫을 시간이 미뤄진
다는 게

　　제각기 손마다 처치도구를 들고 기다리던 간호사들이
　　우르르 달려들어 혈압을 재고 혈당을 재고 바늘을 꽂고
만병통치 비기 같은 영양제도 매단다
　　병든 늙은 양을 병원에 끌어다 놨다
　　이제 내 할 몫은 다 끝났다

　　병원 아래 은행 앞 한길로 나와
　　늙은 양처럼 쪼그려 앉아 담배를 먹는다
　　붕어빵 아줌마도 나서지 않은 텅 빈 거리
　　황량한 시내버스 정류장 멈춰진 의자 근처에서부터
　　바람이 웅성인다
　　지금, 위대한 오늘을 잊고 살아 있는 것은 쓰레기뿐
　　쓸모없는 것들이 증발한 시간의 주인이 되어
　　이리저리 몰려다니며 깝죽거리기가 신이 났다

　　잿빛 하늘에서 바람이 휘돌아 내리는

병신년의 첫날

오늘을 제힘으로 연 영광스러움을 뻗대는

개 한 마리

어제의 내일을 먹으며 쓰레기도 못 되어 쓸려 가고 있다

엄마의 외출

오밤중

문갑 속에 곰팡이 핀 지갑 챙겨

댓돌을 내려서신 어머니

지난 장에 새로 산 것 쏙 빼가고

제가 입던 헌 속옷을 개켜 놓은

며느리에게 노하셨네

아니지, 아니다.

아니면 버리시라

부라자 쫙쫙 찢은 내게 노한 게지

아니지, 아니여.

"안 하던 말씀에 겁이 난다"는

여편네 말전주하는 칠뜨기에게 서운한 거지

그것만 그렇겠나,

콩 팔러 가 소식 없는 십삼 년

몹쓸 영감 빈자리 차고앉은 두 연놈

꼴마다 희희낙락 귓속말인 두 연놈

내 돈 다 훔쳐가는 두 연놈

물도 못 먹게 하는 두 연놈

잠도 못 자게 하는 두 연놈

요강 한 통 비우는 데 일 년,*

여든일곱 지난날이 부질없고 분한 거지

내 것도 아닌 병든 삭신 원통하고 억울해서

푼푼한 팔푼이 놈,

아직도 하늘이 시린 덜 여문 씨앗,

자꾸 등짝 패서 내모는 거지

* 말기 신질환(End stage renal disease)에 의한 혈액 투석과 그 후유로 겪는 섬망.

허방다리 위에 꽃을 잡고

어머니의 허리춤을 잡고 집으로 오는 길
한 해는 고사하고 하루하루 달라지는
휘청휘청 비틀비틀 흔들리는 촛불

욕심을 내려놓으라는
늘 마음 준비하라는
의사의 말

햇살은 은혜롭고 바람은 맑은
이 좋은 봄날인데
어떡하나
어떡하나

허방다리 위를 걷는 꽃을 움켜쥐고
지금이 기가 막혀 분하고 억울해서
슬그머니 눈물을 훔친다

가을의 하늘은 참으로 고와도

가을의 은혜로운 하늘을 바라보는 것

코스모스의 살랑이는 바람 곁에 머무는 것

그러한 것들을 잡고

지지고 볶아 울기도 웃기도 하며

지금에 있는 것

구름을 만들거나 멈추게 하는 것

하늬바람이 마파람이 되게 하는 것

내일을 오늘로 불러

내 것이려 하는 것

그 안과 밖의 평행을 걷다

종래는 구름처럼 바람처럼 스러져 가는

내가 할 수 있는 것과

내가 할 수 없는 것

뺨을 때리다

눈 뜨시라 "철썩"

입 벌리라 "철썩"

삼키라고 "철썩"

삼생이 다하고도 씻기지 못하는

몹쓸 회한이 될 줄 알면서

지금 할 수 있는 나의 원통한 최선

어머니의 뺨에

"쾅" "쾅"

못을 박는다

그 여인의 뒷모습
- 마리아의 뒤에 서다

대전 성모병원

투석실로 내려가는 지하 계단

문을 밀치고 방화문을 또 밀치면

어둠을 귀틀 낸 창밖으로

빛을 막아선 여인의 뒷모습

절망의 구석에 내몰린 사람이

더 깊은 절망으로 무너지는 사람이

그 절망을 감사함으로 받아들인 사람이

대답을 들은 사람이나 듣지 못한 사람이

한결같이

잔잔한 무심의 그윽한 눈길에

희망의 원으로 고개 숙여

마주 서는 여인,

마리아

나는 오늘

밋밋하도록 꾸밈없는 돌덩이

누구도 손 모두지 않았던

그녀의 등 뒤에 서서

천만겁은 더 귀한 여인을 위해

기도를 하네

바람 속으로

모든 것이 바람 안으로 녹아든다
절대였던 것들
억지스럽지 않게 섞이고 녹아
바람이 되는 무존재.
그 순연純然.

앞섰던 바람조차 새 바람이 밀어내고
또 밀어내고
해탈과 같던 망각마저도
또 무존재의 겁을 더해
바람이 바람 안으로 녹아든다

바람이 녹은 바람마저도 멈춘

아,

오늘의 정적

불었던 바람도 없고, 불어올 바람도 없는

바람 속의 바람으로 녹아드는

있었으나 없었던 것들

이별을 위한 기도

가시는 길

깨진 돌처럼 모가 나지 마소서

모에 선 칼끝에

잡은 손들 베이지 않게 하소서

이 좋은 가을날

그리 좋아하시는

하늘을 곧추선 코스모스 꽃대궁

야멸차게 꺾이지 않게 하소서

모자라서 속상했던 시절

회초리로 보듬었던 것들 모두

충분히 아름다웠다고 충분히 행복했노라고

꽃잎 바람에 내어주고

맺은 씨앗 홀홀 털어버리옵소서

웃으며 손 흔드는

서녘의 아름다운 낙조이소서

20170910일대전성모7301에서

어머님,

어머님을 아버님 곁에 모신 지 벌써 사흘.

병마의 고통에서 떠나신 지 첫 이레가 되었습니다.

"이번엔 꼭 죽으려니 했는데, 죽을 것 같던 않으니 어떡하니… 또 이런 고통을 어찌 겪니."

어머니의 병세가 호전되었을 때 하신 말씀을 듣고야

어머님과의 이별이 실감 나고 저 역시도 버럭 겁이 나고 피하지 못할 시간이 두려웠습니다.

어머님을 병원에 모시고 한 달이 되는 무렵에

저는 어머님과의 이별을 이렇게 준비하고 있는 못난 놈이었습니다.

어머님,

사흘 전 삼우제 때야,

어머니 드리려고 가방에 넣고 다니던 밀크캐러멜과 양갱을 제상에 올렸습니다.

어머님과의 이별을 예감하며,

그리 좋아하시는 달콤한 것이나 실컷 잡수시게 해야겠다고 사 놓고도

혈당이 갑자기 올라 꿀을 더 잡수고 싶으셔 할까, 투석에 힘이 드실까,

주머니 속에 손을 꼼지락거리다가 미처 드리지 못했습니다.

머리로는 이별을 준비하고, 가슴으로는 이별을 부정하고 있었습니다.

모든 것은 그대로인데,

어머님이 곁에 없다는 사실조차 믿기지 않을 만큼

모든 것은 그대로인데……

"사람들이 모두 나만 쳐다보는 것 같아 밖에 나가기 싫다."

아버님을 보내시고 어머님이 하시던 말씀,

이제야 제 가슴에 닿았습니다.

검은 해

나는 오늘 햇살 아래 섰네
햇살 아래에 서서 눈을 감네
눈을 감아도 오늘을 연 햇살은 내 머리 위에 있네

나는 햇살이 부서지는 빈 들에 섰네
가을의 임종臨終을 수세水洗하는 솜뭉치 같은
볏단을 보네
그 어둠의 결박을 풀어 먹이가 되고
살과 피로, 더러는 젖이 되어 햇살을 이다
다시 빈 들이 되는 끝없는 해산解産

별스럽지 않은 오늘은 산 자의 몫이라고
산 자의 머리 위로 시리게 부서지네
검은 해가 뜨네

술이 술이 아니다

오랜 시간 나였던 것

신록 끝에 하늘거리는 바람이기도 했고

동토의 눈발을 비집고 나서는 복수초였다가

정열의 햇살로 이글거리는 불타는 장미꽃으로

쓸쓸히 구르는 늦가을 한적한 공원의 낙엽이기도 했던

그렇게 존재를 자각할 수 없는 공기 같았던 것

일상의 권태에 밀려 일탈의 벼랑 끝에 닿았을 때

나를 보듬고, 깨우고, 태우고, 담담히 걷게 하는

나의 나 같은 거였지

당신이 떠난 하늘 아래의 오늘

술잔을 잡고 어프러졌더니

들리지 않던 내 숨소리가 벌떡거리고 있다

존재의 자각이 없던 공기가

두 배쯤의 중력으로 온몸을 짓누른다

당신은 떠나고 나는 멈춰 섰는데

정작 가슴은 가쁘게 뛰는 이 아이러니

술이 숨 가쁘다

이젠 네가 내가 아닌 것이 되었다

토악질만 부르는 이 맛없는 것

술이 술이 아닌 것이 되어 버렸다

겨울을 잊었다고

문을 나서니 따뜻하였네

겨울을 잊었었지

돌아와 양말을 벗을 때야

되돋는 서늘한 정적의 소름

튼 살처럼 심장에 쪼개지는 겨울의 뜨거운 불

아, 문밖은 눈부시게 달콤한 햇살의 거짓 웃음이었네

환각의 햇살에 커튼을 친 방에 웅크려 담배를 물고

혼자 앉은 맨발의 겨울을 걷는데

거기 꿈같은 산 날맹이를 찢고

싸리 매질처럼 쏟아지는

눈발이여, 통곡이여,

기인 밤이여

아, 얼굴이여

쑥부쟁이

솔밭길 나서 황톳길 열리며

작은 창고개* 넘는 길가

잡초처럼 널브러진

눈 가지 않던 꽃

가마 탄 새색시 뒤돌아볼 때

그제야 꽃이 되었다는 풀

한 계절 옆으로만 벌다

없었던 듯 스러져 간

도도할 줄 모르던

울 엄니 같은 꽃

바보 국화

* 세종시 연서면 월하리 일원의 옛 지명으로, 지금의 세종시 조치원청사 부근 솔
   밭 산길을 따라 걷다 보면, 죽림리에서 넘어오는 고갯길과 합쳐지게 된다. 현재,
   도원초등학교 부근에 있던 외가로 가는 고갯길.

버 퍼 링 buffering

아무리 보고파도
닿을 수 없는
이편과 저편

하늘과 땅 사이
당신을 쫓는
내 그리움

못 그린 그림

어제 그린 그림은 아름다웠네
지금 그리는 그림이 아름다워라
이제 그릴 그림도 아름답겠지

내 것이 아니라고 던져 버렸던
그리다 만 그림도 아름다웠네
아, 그릴 수 없었던 그림마저

아름답지 않은 것은 하나 없었네

겨울 선운사에서

내가 오고간 길가 어디
연정戀情의 주검이 불붙고 있었다는데
도솔천 언 바람만 이승의 천왕문을 넘나들고
그 정이 어느 겁에 왔었는지 쫓을 길이 없어라

잘 계시다 만나요 …